Petit prince du désert

Patrick Poivre d'Arvor

Petit prince du désert

ROMAN

Albin Michel

IL A ÉTÉ TIRÉ DE CET OUVRAGE

Vingt exemplaires
sur vélin bouffant des papeteries Salzer
dont dix exemplaires numérotés de 1 *à* 10
et dix exemplaires, hors commerce, numérotés de I *à* X

À François

« Je ne dirai pas les raisons que tu as de m'aimer. Car tu n'en as point. La raison d'aimer, c'est l'amour. »

Antoine de SAINT-EXUPÉRY,
Citadelle.

1

Jacques est amoureux. Tous les enfants sont amoureux de leur mère, mais, à douze ans, bientôt treize, ça commence à faire sourire autour de lui. Surtout son père. Mais aussi ses camarades de classe. Jacques n'en a cure : sa mère est la plus belle des mamans.

Ce soir, elle n'est pas belle, elle est magnifique. Il y a réception chez le résident général. Yella Bonnieux y étrennera une nouvelle robe, arrivée la veille de Paris par bateau. Jacques a eu le droit d'ouvrir lui-même le paquet à larges rubans griffé aux armes de la maison Poiret. Il n'a pas été surpris : il a si souvent entendu les invités de ses parents poser des questions à sa mère sur l'époque enchantée où elle était mannequin pour la célèbre marque de l'avenue Montaigne. « C'était il y a si longtemps, répond-elle en souriant. On m'appelait encore Gabrielle, comme Mademoiselle Chanel… Et puis Jacques est arrivé », ajoute-t-elle en regardant son fils droit dans les yeux. N'y pouvait-on lire que de la tendresse ? Il craignait d'y trouver aussi quelque reproche. Il n'avait pourtant pas demandé à venir si vite au monde. Il aurait pu attendre, il n'était pas pressé. Il aurait tout à fait compris qu'elle cherche à séduire encore longtemps en défilant, offerte à la convoitise des hommes. Mère à dix-huit ans, c'était peu ordinaire, mais ça permet au petit Jacques de profiter pleinement de l'éclat de son idole qui vient à peine de fêter ses trente ans.

Il a défait les rubans, ouvert le carton gaufré, dégagé la fine mousseline qui entourait la robe, puis il s'est reculé d'un pas pour laisser opérer sa mère. Elle l'a effleuré au passage, lui a passé la main dans la nuque, elle sentait si bon – *Heure bleue*, toujours.

En experte, elle a saisi la robe par les épaules, l'a fait glisser hors de la mousseline, a frotté son museau contre le drapé puis l'a plaquée sur elle, un bras sur le buste, un autre sur la taille. Jacques regardait bouche bée, son père ne disait rien, admiratif lui aussi, mais plus amusé et peut-être secrètement inquiet du coût de la dernière folie de son épouse. Elle les avait ensuite gentiment congédiés : « Maintenant, mes amours, je vais l'essayer. » De ces essais, ils ne surent rien. Jacques n'a découvert la nouvelle parure de sa mère que quelques minutes avant leur départ pour le cocktail du résident général au Maroc. Et c'est là qu'il s'est juré qu'il n'y aurait aucune autre femme dans sa vie.

2

Cette certitude, il la vivait ce soir pleinement, puisqu'il l'accompagnait au bal, ce qui ne lui était arrivé que deux fois auparavant. Le résident recevait un invité prestigieux : Charles Lindbergh, le grand aviateur américain qui, l'année précédente, avait réussi la première traversée aérienne de l'Atlantique et suscité un enthousiasme considérable de par le monde. Il en avait tiré un livre et, pour le promouvoir, son éditeur avait organisé une grande croisière. Partis de New York à bord du *Normandy*, l'aviateur et sa suite avaient débarqué à Southampton, passé trois semaines à Londres, Berlin, Rome et Paris, puis s'étaient à nouveau retrouvés sur un paquebot, le *Jean-Laborde*, qui, depuis son départ du Havre, avait fait escale à Lisbonne et venait d'accoster à Casablanca. Il repartirait le lendemain pour Saint-Louis du Sénégal, puis l'Amérique.

Pour la circonstance, le résident avait invité au cocktail quelques notables du Protectorat triés sur le volet, accompagnés de leurs enfants de plus de dix ans. Marcel et Gabrielle Bonnieux faisaient partie de cette bonne société que l'on choyait au Maroc. Le père de Jacques, ancien pilote d'élite pendant la Grande Guerre, était devenu chef de poste de l'Aéropostale à Rabat. Antoine de Saint-Exupéry, l'un de ses meilleurs amis, occupait les mêmes fonctions plus bas sur la côte marocaine, à Cap-Juby, aux frontières du Sahara espagnol. Il s'apprêtait à publier un livre, *Courrier Sud*, où il rapportait ses aventures de pilote, les traversées du désert, les Bédouins qui attaquaient les appareils tombés en panne, la griserie de l'espace... Jacques s'était délecté de ce que son père lui avait confié : le héros de Saint-Ex portait le même prénom que lui.

Sa réputation n'arrivait pourtant pas à la cheville de celle de l'homme que l'on allait honorer ce soir-là : le grand Lindbergh dont on disait qu'il était aussi intrépide à conquérir le cœur des femmes qu'à se couvrir de gloire. Toutes s'étaient mises sur leur trente et un. Yella était la plus élégante et la plus désirable, mais Marcel Bonnieux ne s'en inquiétait pas trop. Entre aviateurs, se disait-il, il y a un code d'honneur sur lequel on ne transige pas.

Mais Charles Lindbergh ne savait rien des titres de gloire du lieutenant-colonel Bonnieux : rien de son passé ni d'ailleurs de son présent, si ce n'est qu'il était accompagné de la plus belle femme qu'il eût rencontrée depuis son arrivée en Europe, voilà à peu près deux mois.

C'est vers elle qu'il se dirigea dès que le résident voulut commencer à lui présenter les autorités présentes à sa soirée : le Glaoui, les préfets et sous-préfets, les chefs de wilayas… L'aviateur serra la première main, ignora la deuxième et les centaines de paires d'yeux qui se posaient sur lui, et fendit la foule pour rejoindre ce regard qui l'avait électrisé dès qu'il avait pénétré dans la vaste salle de réception.

Les hommes regardaient, ironiques ou amusés, les femmes moins indulgentes, parfois sarcastiques ou tout simplement envieuses. Marcel, lui, paraissait flatté de l'effet produit par son épouse sur le héros de la soirée. Lindbergh d'ailleurs le salua, mais brièvement. L'aviateur ne put, comme il le souhaitait, s'entretenir avec lui de leur passion commune : juste deux ou trois considérations générales. Apparemment, Charles Lindbergh n'avait pas la tête à cela. Et Marcel Bonnieux ne tarda pas à sentir qu'il devait s'éclipser.

3

Dehors, Jacques regarde. Il s'est collé à la vitre de la véranda qui jouxte les salons de réception pour mieux observer la scène. Il est ébloui par tout ce faste, ce joyeux brouhaha, cette onde qui s'épanouit par cercles concentriques autour de l'aviateur américain. Comme une sorte de grâce qui émanerait d'un saint. Sa mère est au milieu, l'aviateur l'a rejointe. Toutes les attentions se concentrent désormais sur eux, même si les regards sont souvent en coin pour ne pas dévoiler un intérêt trop poussé. Il sent qu'il y a là un concentré d'envie dont Yella est le point de mire. C'est la jalousie qui fait marcher le monde, surtout en France, a souvent dit Marcel à son fils. Il l'avait même préparé à la réception de ce soir : « Tu vas voir, les Américains ne fonctionnent pas du tout de la même façon : ils aiment la réussite des autres. »

Cette compression d'amertumes et de frustrations qui ne demande qu'à exploser, quelle va en être l'étincelle ? Jacques frissonne et serre les poings. Ce geste de Lindbergh retenant furtivement le poignet de Gabrielle pour la débarrasser de son verre de champagne ? Cette invitation à la première valse de la soirée ? Rabat frémit, toutes les femmes, ce samedi-là, se sont inscrites en rêve sur le carnet de bal du héros, chacune espérant secrètement devenir sa première cavalière.

Les couples hésitèrent un instant à se former et à s'élancer sur la piste dans le sillage de celui que formaient l'aviateur et son heureuse élue. Tout le monde voulait voir, jauger, juger, se rassurer ou s'inquiéter. Certes, le bel Américain semblait un peu pataud, mais sa cavalière était si gracile, si délicate…

Lorsque la valse cessa, le couple resta rivé au centre de la piste, oublieux de tous, et quand la musique reprit, Charles et Gabrielle s'élancèrent à nouveau sans un regard pour les autres danseurs, occupant tout l'espace en larges cercles qui éloignaient les chuchotements dont ils étaient la cible.

Puis, la surprise passée, noyés dans une foule désormais plus compacte, les deux héros de la soirée s'étaient mis à danser de façon plus languissante, plus proches l'un de l'autre, presque abandonnés. Jacques ne les apercevait plus que par instants malgré tous ses efforts pour suivre leurs ébats. Il vit l'Américain murmurer à l'oreille de sa mère, puis les épaules de Gabrielle se secouer légèrement, sans doute riait-elle. Hélas, la foule les emporta de nouveau et Jacques ne distingua plus rien. Il se décidait à rejoindre la compagnie des petits Marocains qui regardaient de loin, comme lui, les lumières de la fête, quand, tout à coup, la porte de la véranda s'ouvrit sur un parfum reconnaissable entre tous: l'*Heure bleue* de sa mère.

Elle n'était pas seule. Charles Lindbergh la suivait.

Jacques se dissimula derrière un arbuste, puis s'échappa en silence tandis que le couple s'étreignait. Dans l'encoignure de la porte-fenêtre restée entrebâillée, on chuchotait. L'aviateur revint sur ses pas et referma bruyamment le loquet. Il y eut des protestations. Il rejoignit ensuite Gabrielle et la reprit par la taille. Elle fit mine de se dégager, puis se laissa à nouveau faire. Il lui déposa un baiser dans le cou.

Jacques était pétrifié. Son cœur devenu trop gros pour son thorax, il respirait avec peine. À quelques mètres de lui se déroulait un jeu de séduction autrement plus dangereux que les tours de valse qu'il avait pu apercevoir dans la salle de bal. L'Américain ne cessait de chuchoter à l'oreille de sa belle qui riait désormais à gorge déployée. Il était manifeste qu'elle avait bu. Jacques voulut intervenir.

C'est alors qu'il entendit distinctement les paroles de sa mère ; l'alcool les rendait très sonores. Elle parlait alternativement en français et dans un mauvais anglais comme pour mieux souligner, aux yeux de son fils, l'horreur de ce qu'elle énonçait :

– Je suis libre comme l'air. L'air est mon amant. Vous pouvez comprendre, monsieur l'aviateur...

Électrisé, suspendu aux mots qui s'énonçaient comme s'il savait qu'ils le marqueraient à jamais, Jacques retenait son souffle.

– Sans attache, vous dis-je. Sans enfant et sans mari, ou si peu de mari...

Elle riait de plus belle. Soudain, l'Américain l'embrassa à pleine bouche. Cette fois-ci, elle se laissa faire. Après l'avoir longuement étreinte, il l'entraîna vers la remise à outils du jardin. Jacques sentit alors que, derrière les buissons, deux ou trois autres enfants observaient la scène comme lui, sans mot dire. Il voulut courir vers cette maudite cabane. Il n'en eut pas la force. En tentant de se redresser, il perdit l'équilibre et tomba de tout son long, évanoui.

Les jeunes garçons qui l'entouraient donnèrent l'alerte. Le premier à se ruer au-dehors fut Marcel qui avait lui aussi contemplé en silence le marivaudage, planté devant la baie de la salle de réception. Il s'agenouilla devant son fils, lui tapota les deux joues pour essayer de lui faire recouvrer ses esprits. En vain. Il partit affolé chercher du secours à grands cris du côté de la Résidence. Il avait enduré le début de la soirée avec stoïcisme, n'ignorant pas que son étoile était bien pâle à côté de celle du grand Charles Lindbergh, et cherchant à donner le change vis-à-vis des autorités et de leur hôte prestigieux, mais, tout à coup, c'en était trop, le sort s'en prenait à son fils. Les invités le regardèrent ahuris, ayant déjà oublié la provocante Gabrielle ; un frémissement parcourut l'assistance. Trois médecins se présentèrent et le suivirent.

Ils transportèrent Jacques sur la terrasse et l'allongèrent sur un transat pour procéder à un examen sommaire. Jacques, d'après eux, ne tarderait pas à revenir à lui.

– Reconduisez-le chez vous, dit l'un des deux médecins militaires. Ce n'est qu'un évanouissement, l'enfant est émotif, n'est-ce pas ?

Marcel baissa la tête en signe d'acquiescement. Il craignait que son interlocuteur n'eût compris la nature du trouble de son fils.

Le médecin en civil, qui n'avait jusqu'alors rien dit, proposa de l'accompagner. Ils quittèrent le jardin par la grille de service réservée au personnel. Derrière les ficus qui masquaient la remise à outils, rien n'avait bougé.

4

Jacques se réveilla dans la voiture qui les reconduisait, mais il ne put articuler que des paroles incohérentes. Son père le coucha dans son lit avec l'aide du médecin, et tous deux restèrent à son chevet.

– Le pouls est bon, dit le Dr Coffin. Ce qui m'inquiète le plus, c'est cette forte fièvre.

En attendant l'effet des médicaments qu'il avait administrés, les deux hommes se lièrent quelque peu.

– Jacques est très attaché à sa mère. Maladivement, c'est le cas de le dire ce soir. Cela me réjouit souvent, mais me préoccupe aussi. Il va sur ses treize ans, ça risque de finir par le faire souffrir.

– Tout enfant finit un jour par couper le cordon ombilical. Parfois, ce peut être violent. Aux dépens du père ou de la mère. Mais ne vous inquiétez pas, c'est l'ordre naturel des choses.

– Pour ce qui le concerne, ce ne sera pas aux dépens de sa mère. J'en suis sûr et c'est mieux comme ça. Après tout, je ne suis qu'un père de substitution.

Le médecin releva la tête et regarda Marcel comme pour l'encourager à se confesser. Mais l'aveu ne vint pas, le père de Jacques se mordit les lèvres, il en avait trop dit. Et l'on parle tant, à Rabat comme à Casa…

À minuit, la fièvre de Jacques avait beaucoup baissé ; le médecin prit congé.

– Je ne pense pas que je repasserai par la Résidence. La fête doit se terminer.

– Je suis désolé. Nous vous avons gâché votre soirée.

– Pas du tout. Je fuis habituellement les mondanités, mais ma femme était curieuse de s'y rendre. Elle admire tant Lindbergh ! À l'heure qu'il est, elle a dû rentrer.

À ces mots, le comportement de Yella, oublié dans ce non-dit qui s'était installé au chevet de Jacques, revint violemment entre eux. Marcel crut y deviner une allusion. Il salua le médecin et le remercia sans effusions excessives.

Demeuré seul, il s'efforça de somnoler, tenant la main encore brûlante de Jacques. En vain. Gabrielle occupait toutes ses pensées, et ne revenait toujours pas.

5

C'est le pâle soleil du petit matin qui le réveille. Il s'était finalement affalé dans le fauteuil tout près du lit de Jacques. Il observe son fils, apaisé, puis tente de recomposer, par bribes, la soirée de la veille. Il se sent bien petit, pathétique, même. Face au nouveau héros des Temps modernes, il ne fait pas le poids.

Alors qu'il se prépare un café dans la cuisine, son ordonnance arrive, en toute hâte, presque gêné, porteur d'une lettre. Elle est de Gabrielle :

Mon chéri,

J'embarque sur le Jean-Laborde. *Un coup de folie, j'avais envie, ne m'en tiens pas rigueur. Je descendrai sans doute à la prochaine escale, Saint-Louis du Sénégal, et je serai bientôt de retour. Je prendrai l'avion de l'Aéropostale. Préviens-les. Embrasse le petit Jacques,*

Yella.

Marcel croit devenir fou. Toute la nuit il a attendu le retour de sa femme. Il s'était juré de ne pas lui poser de questions. Il lui aurait juste parlé de la santé de leur fils.

Ivre de jalousie et de colère, il demande à l'ordonnance de le conduire à la gare maritime.

Il a crié un peu fort. Jacques s'est réveillé. Quand l'enfant rouvre les yeux, il n'y a plus personne dans la chambre. Il se lève, encore assez faible, et entend le moteur de la voiture qui s'apprête à démarrer. Il se précipite sur le perron en appelant son père.

Marcel s'est retourné à l'arrière de la Hotchkiss. De loin, il discerne la frêle silhouette en pyjama et cette vision lui serre le cœur. Il demande à son chauffeur de s'arrêter et fait grimper Jacques, sans un mot.

– C'est maman ? demande l'enfant.

Son père lui tend la lettre. Jacques ne dit mot.

La voiture a roulé vite, pourtant ils arrivent au port au moment où le paquebot quitte la rade. Une fanfare remballe ses instruments. On roule un tapis rouge.

– C'était pour qui ? demande Jacques qui connaît déjà la réponse.

– M. Lindbergh vient tout juste de partir pour le Sénégal, puis pour l'Amérique du Sud. Il était avec sa fiancée. Une Française, je crois.

Jacques serre les poings et s'engouffre dans la voiture. Son père l'y rejoint. Ils ne se parlent pas. Jacques est persuadé que son père lui en veut, lui, le petit chouchou à sa maman, qui lui ressemble tant avec sa tête d'ange. Marcel, de son côté, se dit que son fils lui reproche sa faiblesse, peut-être sa lâcheté de n'avoir pas su retenir sa mère. Il se sent dévalorisé à ses yeux, humilié, nié. Il ne vaut plus rien : juste un héros déchu, déplumé, celui d'une guerre qui est déjà bien derrière lui. Les guerres modernes se livrent désormais à la une des journaux, et, à ce jeu-là, Marcel n'est pas le plus fort.

6

Deux êtres blessés sortent de la Hotchkiss sans s'adresser la parole. Un homme et un petit d'homme, plus homme que son père en cet instant précis. Le premier va se réfugier dans son bureau, parmi ses objets familiers, l'autre dans sa chambre.

Jacques ne juge pas sa mère, il sait simplement qu'elle lui fait mal et il lui en veut de blesser à ce point son père. Il ne sait comment lui parler d'homme à homme, comment évoquer ce qui leur arrive à tous deux. Les histoires de femme, d'amour, c'est trop intime, trop gênant. Pourtant, son père est en perdition, il le sent. Tout à l'heure, il a entendu un bruit de verre cassé dans le bureau. Est-ce à lui d'aller consoler Marcel ? Jacques retourne tout cela dans sa tête. D'autres images le submergent : la valse à la Résidence, la remise dans le jardin, les petits Marocains à l'affût comme lui et – il n'y peut rien – le baiser de sa mère, le soir, il n'y a pas si longtemps, ses tenues vaporeuses, le regard des hommes posé sur elle, leur convoitise, le rire de Yella pour s'en moquer.

En fin de matinée, sa fièvre a remonté. Il aimerait avoir sa mère à son chevet. Mais l'a-t-elle jamais soigné ? Il n'en a pas souvenir. Il se revoit juste garder la chambre et y découper des silhouettes dans des magazines qu'elle lui laissait quand elle partait. Ou se lever pour aller coller le thermomètre sur le poêle afin de faire monter au maximum la température dans l'espoir d'une consolation, d'un apitoiement qui ne venaient jamais.

Pourtant, cette fois-ci, il est brûlant. Et elle n'est pas là. Comme d'habitude. Il est plus de midi. La cuisinière est repartie, congédiée pour la journée. Personne ne leur préparera le déjeuner. Jacques a perdu tout repère. Il ne sait que faire et finit par se décider à rejoindre son père qu'il a vu pour la première fois vaciller sous ses yeux.

Quand il pénètre en frissonnant dans le bureau, il n'a pas encore idée des mots qu'il va utiliser. C'est à lui d'aider son aîné, en grand garçon, il ne lui dira rien de sa fièvre, il proposera simplement d'aller faire la cuisine. Mais il n'a rien à dire : son père n'est pas dans son bureau. Il y règne un désordre indescriptible. Des photos ont été déchirées. Un cadre a volé à terre. Des papiers jonchent le sol autour d'une bouteille de gin vide.

Jacques s'inquiète : son père a-t-il à son tour déserté la maison ? Il n'est pourtant pas loin, affalé dans le canapé du salon. Lorsqu'il aperçoit son fils, il se redresse mécaniquement et se frotte la joue comme pour s'excuser de ne pas être rasé et de le recevoir dans cette tenue négligée.

– Ça va mieux ? demande Marcel, d'abord pour se redonner contenance.

Il se lève maladroitement. Il veut serrer son fils dans ses bras.

– Mais tu es bouillant ! dit-il en le repoussant. Tu dois reprendre les médicaments que le Dr Coffin nous a laissés.

– Non, non, papa, tout va très bien. C'est toi qui n'as pas l'air d'aller fort.

Marcel a déjà oublié la fièvre de son fils. Il s'est laissé retomber sur le canapé.

– Tu me méprises, n'est-ce pas ?

– Pourquoi me dis-tu ça ? Je ne t'ai jamais méprisé.

– Si, tu me méprises, mais tu ne le sais pas. Tu me méprises parce que ta maman est partie et que tu penses que c'est à cause de moi. Eh bien, tu as raison, poursuit-il en élevant un peu trop la voix. Tu as raison, parce que je ne suis pas à la hauteur… sauf pendant la guerre, quand j'avais un Stuka devant moi. Là, il fallait être à la hauteur et bien viser ! Ta-ta-ta-ta-ta !

Il a imité le bruit de la mitrailleuse avec un cri de fou, un regard de possédé. Jacques ne l'a jamais vu dans cet état. Il ne l'a jamais entendu raconter sa guerre avec cette sauvagerie. Son père soudain lui fait peur.

Il a essuyé du revers du poignet les traces de salive autour de sa bouche, il a passé la main gauche dans ses cheveux, les a ramenés vers l'arrière, et s'est redressé du même coup.

– Pardonne-moi, Jacques. C'est vrai, je ne vais pas bien. Je suis à bout.

Jacques s'est approché de lui, n'a su quoi faire pour apaiser son père et, faute de mieux, a répété son geste en passant les doigts dans son épaisse chevelure blonde.

– Ça ne va pas durer, papa, elle va revenir.

Marcel éclate en sanglots. Il ne sait plus se contenir ; il a pourtant honte de cet abandon devant son fils.

– Et elle repartira… ! Elle a toujours voulu

partir. Je suis sûr qu'elle n'est restée que pour toi.

Jacques se retient pour ne pas sourire. Secrètement, il est comblé d'apprendre que sa mère tient tant à lui. Il en a si souvent douté.

– Tu crois vraiment qu'elle m'aime ?

– Bien sûr qu'elle t'aime ! À sa façon. C'est une libellule. Et une libellule n'aime que l'air libre. Elle se pose de temps à autre, juste pour lustrer ses ailes ou avaler un grain de pollen.

La voix de Marcel s'est radoucie. Il a fermé les yeux et continue de parler sans se préoccuper de son fils.

– Elle t'aime comme un nounours. Elle adore t'avoir sous la main pour te caresser. Tu es son jouet, sa chose, et moi je ne suis rien de tout ça. Quand tu étais bébé, tu ne l'intéressais pas. Elle t'a mise en nourrice chez de braves paysans de Pierpezan, près de

Chartres. Tu les appelais Maman Yéyette et Papa Gène. Tu te souviens ?

– Non, vous ne m'en avez jamais parlé.

– Tu les aimais pourtant beaucoup. Tu me semblais très attaché. Mais, un jour, c'est ta mère qui s'est attachée à toi. Je crois que c'est lorsque tu as commencé à parler. À ses yeux, tu devenais enfin un être humain. Elle s'est mise à te regarder autrement, à te considérer.

– Et toi, pourquoi as-tu accepté qu'on me mette en nourrice ? Tu ne m'aimais pas non plus ?

Marcel a rouvert les yeux. Il les a fixés dans ceux de son fils et a alors osé :

– Mais moi, je n'étais pas encore dans sa vie, ni dans la tienne !

Puis il se tait. Sans doute est-il allé plus loin qu'il ne le souhaitait.

Jacques, lui, se tortille. Il ne sait comment formuler sa question.

– Pourquoi dis-tu ça, papa ? Tu ne connaissais donc pas maman ?

– Tu avais dix-huit mois quand j'ai rencontré ta mère. Elle était plutôt perdue, à ce moment-là. Elle avait beaucoup bourlingué. Elle laisse dire qu'elle était mannequin chez Poiret, mais je crois qu'elle n'a jamais défilé pour eux. Elle n'y a été que petite main, pendant quelques semaines. Elle a plutôt levé la jambe dans les cabarets.

– Papa !

– Je ne dis pas ça en mauvaise part. Elle a les plus belles jambes du monde. Des tas d'hommes en sont tombés amoureux, et c'est moi qui ai remporté le gros lot.

– Arrête, papa !

– Je l'aime, Jacques. J'en suis éperdument amoureux. Si je m'égare, c'est que je l'aime à la folie. Et toi aussi, je t'aime. C'est toi, mon fils. Je suis ton père. Tu n'en as pas d'autre. Je sais que je t'aime à en crever. Que je l'aime aussi à en crever.

Il éclate en sanglots.

Bouleversé, Jacques s'enfuit dans sa chambre et claque la porte avant de s'effondrer sur son lit, la tête cachée dans ses draps où flotte encore l'odeur entêtante du parfum de sa mère.

7

Ce qu'il a pu le détester pour cette confession ! Tout l'après-midi, puis toute la soirée, Jacques n'a pas quitté sa chambre. Au plus fort de sa fièvre, il a pris quelques-uns des comprimés prescrits par le médecin, sans les doser. Le remède semble agir, il transpire moins. Mais il hait toujours autant son père. Comment a-t-il pu à ce point salir cette femme qu'il dit aimer, et le blesser, lui, en lui annonçant si brutalement ce qui n'était peut-être que le délire d'un homme ivre, dévoré de jalousie ?

Jacques ne restera pas un jour de plus sous le même toit que lui. Il veut rejoindre sa mère, même libellule, danseuse de cabaret peut-être, la belle affaire, c'est sa mère, celle qui l'embrassait chaque soir avant de se coucher, et peu importe si elle ne l'a pas fait, les deux premières années de son existence ! Au contraire, ce n'en est que plus sincère : c'est elle qui l'a choisi comme fils, pas le hasard de la naissance. Et l'autre, ce n'est pas son père, ce n'est plus son père, ça n'a jamais été son père !

Le soir est désormais tombé. Jacques s'est risqué hors de sa chambre. Dans le salon, Marcel gît à terre non loin d'une bouteille de Gordon's encore à demi pleine. Il n'a même pas su se tenir calé sur le canapé. Jacques n'a décidément que mépris pour lui.

Tout au long de la nuit, il peaufine son plan, le repasse dans sa tête. Il est rocambolesque, mais il tient debout.

8

Au petit matin, Jacques s'est habillé puis glissé dans le jardin. Son père dort toujours bruyamment. Il s'assied sur le perron que surplombe la véranda. Il attend.

Il sait que l'ordonnance de son père a pour habitude d'arriver trente à quarante minutes avant l'heure convenue. Il se rend dans la cuisine et se fait offrir un café par la cuisinière marocaine. Elle lui prépare de ces merveilleux gâteaux au miel qu'il aime tant, il les mange sans faim, il lui faut de la force pour mener à bien son entreprise.

Lorsque arrive l'ordonnance, Jacques se précipite à sa rencontre, la voix ferme et assurée.

– Eugène, papa a pris du retard. Il vous demande de m'accompagner à l'aéroport pour récupérer un document dont il a besoin. Il m'a dit où le trouver.

Eugène aurait aimé ne pas différer l'heure de son café avec la jolie Marocaine dont il est épris, mais il s'exécute de bonne grâce. Il aime beaucoup Jacques qui n'est jamais hautain ni cassant, comme tant de fils d'officiers qui le traitent en valet.

Arrivé à l'aérogare, Jacques, que tout le monde connaît sur place, se renseigne auprès d'un mécanicien sur les horaires de la prochaine rotation de l'Aéropostale. Elle doit partir à neuf heures trente, dans un peu plus de deux heures. Il y aura quatre escales d'ici Saint-Louis : Agadir, Cap-Juby, Villa-Cisneros, Port-Étienne.

Jacques revient à la voiture où l'attend l'ordonnance.

– Ça va, j'ai trouvé le document. Je viens d'en transmettre le contenu par téléphone à mon père et je lui ai demandé la permission de faire un petit tour au-dessus de Casa. Le pilote qui me l'a proposé me raccompagnera ensuite. Papa a dit oui et m'a chargé de vous dire qu'il n'avait pas besoin de vous aujourd'hui. Il va rester à la maison. Vous pouvez rentrer chez vous. Merci pour tout, Eugène.

– Pas d'imprudences, là-haut, mon petit Jacques ! C'est quand même moins sûr que le plancher des vaches !

La première phase de son plan a parfaitement fonctionné. Il se félicite de son aplomb. Deux mensonges en une demi-heure à peine ! Le brave Eugène a bien mordu à l'hameçon. La journée commence à merveille et l'aventure promet d'être palpitante.

9

Jacques connaît par cœur tous les hangars de l'Aéropostale. Il s'introduit dans celui du courrier. Il y a là de nombreux sacs déjà remplis pour les multiples destinations qui doivent être desservies. Jusqu'à Buenos Aires ! Pour Saint-Louis du Sénégal, quatre sacs sont alignés, bien ventrus, un cinquième est à demi vide. C'est dans celui-ci que se glisse Jacques. Il essaie maladroitement de le refermer de l'intérieur. L'exercice n'est pas facile : il faut d'abord en tirer les bords à lui, puis nouer une cordelette.

Les premières impressions sont favorables. On respire très bien, sous la toile de jute, et l'on peut se blottir parmi le courrier comme entre des oreillers. En déplaçant les lettres pour se retrouver dans la position la plus confortable, Jacques repère un parfum qui lui est familier. Il tâtonne pour arriver à la lettre parfumée à l'*Heure bleue*, et la porte à son nez. Il la respire longuement et s'en caresse la joue. Est-ce une lettre de sa mère ? Aurait-elle pu se l'écrire à elle-même pour la recevoir à l'escale de Saint-Louis ? L'imagination de Jacques galope.

Deux heures s'écoulent, plutôt douces mais obscures. Puis trois hommes pénètrent dans le hangar pour commencer à charger les sacs à bord de l'avion. Quand ils en viennent à celui de Jacques, l'un des manutentionnaires se plaint :

– Celui-ci est sacrément lourd. Ils n'ont même pas pris la peine de le refermer convenablement. J'ai bien envie de le vider et de répartir le courrier autrement.

– N'en fais rien, lui répond un de ses

collègues, ils doivent avoir leurs raisons. On va juste les peser.

Celui de Jacques accuse en effet un surpoids.

– Six kilos de supplément. Je vais demander aux pilotes. La Guillaume, six de plus, ça passe ?

– Avec moi, tu le sais bien, ça passe ou ça casse. Donc ça passera, répond Henri Guillaumet.

Les trois manutentionnaires chargent alors le courrier à l'intérieur de la carlingue du Potez par ordre de destinations : tout au fond de l'avion l'Amérique du Sud, puis le Sénégal, la Mauritanie, le Sahara espagnol et enfin Agadir, la première escale. Quand vient le tour des sacs à décharger à Saint-Louis, Jacques se retrouve contusionné dans la manœuvre. En portant la main à son coude, il s'aperçoit qu'il saigne. Il tente de s'essuyer avec son enveloppe magique, celle qui le fait voyager aux côtés de Yella.

Épuisé par sa nuit blanche, tendu par les dernières péripéties du matin, assourdi par le boucan du diable qui règne à l'intérieur du petit avion, Jacques s'endort en pensant à celle qu'il va rejoindre.

10

C'est une violente secousse qui le réveille quelques heures plus tard. L'avion vient de se poser à Agadir.

Le bruit se fait moins assourdissant, se transforme en cliquètement. Puis, passé les cahots de la piste, le Potez finit par s'immobiliser et couper ses moteurs.

– Salut, la Guillaume ! Salut, Reine ! entend-on à l'extérieur. Je vous conseille de ne pas perdre trop de temps ici. On nous annonce des vents de sable à partir de Cap-Juby. Faites le plein et repartez. J'aurais pourtant bien aimé tailler une petite bavette avec vous. Vous avez vu Lindbergh ?

– Non, on n'était pas invités, répond

Reine. C'est Bonnieux qui nous a représentés à la Résidence. Mais je ne suis pas sûr que j'y serais allé, si on m'avait convié. On en fait tout un plat, de cet Américain. Il a eu la chance d'avoir un bon avion. Ce Ryan est léger comme l'air. Tout en alu et en balsa. Il paraît même que le fauteuil était en osier !

– Fais pas ton jaloux : tu aurais bien aimé être à sa place !

– C'est pas pour moi que je parle. C'est pour Mermoz. Ce qu'il a fait l'autre jour au-dessus de l'Atlantique Sud, c'était autrement plus costaud ! Là-bas, tu as un régime de vents qui change tout le temps.

– Lui aussi aurait aimé être le premier à traverser l'Atlantique Nord. Et dans n'importe quel sens ! Allez, si on se dépêche, on va arriver avant lui à Saint-Louis et on lui serrera la pogne. C'est l'endroit idéal pour faire connaissance avec le pilote du *Spirit of Saint Louis* !

À l'intérieur de la carlingue, Jacques crispe les mâchoires. Il avait presque oublié l'Américain.

Il le revoit danser avec sa mère. Il essaie d'évacuer les images des deux corps enlacés dans le jardin. Par chance, le plein est fait. Il guette les derniers préparatifs, les adieux entre équipes. Reine et Guillaumet se plaignent de ne pas avoir eu le temps de se dégourdir les jambes. L'avion est prêt à repartir.

Les cinq heures qui suivent sont encore plus pénibles pour Jacques qui n'a pas eu la chance de pouvoir déplier sa petite carcasse. Un instant il est tenté de délier la cordelette qui ferme le sac postal, mais il craint d'être ensuite repéré. Il se contente de quelques mouvements à l'intérieur de sa prison de toile de jute. Il lui faut penser à autre chose. Voilà quarante-huit heures qu'il n'a rien avalé, à part les cornes de gazelle de ce matin. Difficile, dans ces conditions, d'essayer de dormir. Qui dort dîne, lui avait pourtant souvent dit son père…

Son père. Jacques y a beaucoup repensé depuis son départ. Il se fait moins violent à son endroit. Il ne peut oublier l'épave qu'il a laissée la veille dans le salon, il ne peut davantage oublier ses écœurantes confidences, mais il comprend désormais combien cet homme a pu être malheureux. Et ça ne date pas de la soirée de gala en l'honneur de Lindbergh ! Il lui arrive même de souffrir à la place de son père, de haïr encore plus intensément cet étranger impudent, si sûr de lui, qui vient de tout casser dans leur fragile trio. Mais il est incapable d'en vouloir une seconde à sa mère.

Rien de ce que lui a dévoilé son père n'est pour lui une complète révélation. Comme s'il s'y était attendu, l'avait redouté. Il a toujours su Yella séductrice, prête à jouer avec le feu. C'est peut-être aussi pour cela qu'il l'aime ? L'aime-t-il encore autant après avoir appris qu'elle l'a mis en nourrice juste après sa naissance ? Oui, puisqu'il n'a jamais eu l'impression d'avoir été en manque d'elle. L'aime-t-il toujours, maintenant qu'il sait que son père n'est pas son père ? Oui, puisque sa mère, c'est bien elle. Mais, au fil des cinq heures qui le séparent de Cap-Juby, il ne cesse de se rapprocher de son père. Ce père, il lui en a sans doute fallu, du courage et du cœur, pour l'adopter, lui, l'enfant de nulle part, l'enfant de cabaret. Et ce soir, dessoûlé, il doit être atrocement inquiet du sort de son fils. S'il savait ! Peut-être serait-il fier de lui ?

11

Le Potez a fini par se poser à Cap-Juby. Pas de cahots, cette fois, la piste est recouverte d'un mélange de sable et de gazon très résistant.

– Tonio, beau prince ! s'exclame Guillaumet en reconnaissant son ami, le chef de poste Antoine de Saint-Exupéry.

– La Guillaume ! Toujours aussi droit qu'un manche à balai !

Reine intervient pour revenir au sujet de conversation du jour.

– Sais-tu ce qu'on a vu, il y a dix minutes, en piquant vers la mer pour préparer l'atterrissage ? Un paquebot. Ce devait être le *Jean-*

Laborde qui est parti de Casa avec Lindbergh à son bord.

– Et sa poule ! ajoute le mécanicien qui vient de rejoindre les trois hommes pour une inspection du moteur.

– Tu te tais ! le coupe Saint-Exupéry. Je ne supporte pas qu'on parle comme ça d'un héros devant moi. Cet homme mérite le respect, et d'abord celui des autres aviateurs.

Le chef de poste de Cap-Juby en impose davantage à Marcel Reine que Guillaumet, son compagnon de toujours. Il n'ose le reprendre.

Jacques pleure en silence. De rage, d'impuissance. Pour un peu, il sortirait de son sac et dirait son fait à l'aviateur… que le respect, on le doit à ceux qui respectent les autres, que celui-là ne mérite pas le nom de héros. Une semaine auparavant, son père et Saint-Ex avaient eu ce genre de conversation, et lui en béait d'admiration. Mais c'était il y a si longtemps… Quand il n'était encore qu'un enfant.

– Venez, mes amis, continue leur hôte, je vous ai fait un feu de camp à l'abri de la dune. Il me reste deux beaux morceaux du méchoui que m'ont préparé les Arabes. Il y a du thé à la menthe et de quoi fumer le calumet de la paix. Un peu d'opium à ma façon, mais ne vous inquiétez pas : les effets en seront dissipés bien avant votre départ ! Le vent de sable n'est pas près de se calmer et vous ne pourrez pas partir avant l'aube. Amenez juste quelques sacs pour que l'on puisse s'asseoir.

Les pilotes extraient trois sacs postaux du Potez, les mieux garnis pour servir de banquettes, mais râlent quand vient le tour de celui de Jacques, le plus lourd.

Saint-Ex, massif comme une armoire à glace, s'avance pour s'y asseoir, puis se ravise. Quelques sorties de piste – un peu plus que la moyenne des pilotes de l'Aéropostale, dit-on – lui ont esquinté le dos. Il n'est pas à son aise sur le sac. Il préfère s'y adosser.

Plusieurs heures durant, Jacques écoute les propos vaguement embrumés des trois hommes, interrompus parfois par une rafale de vent. Aucune cohérence dans leur conversation, une suite de monologues, plutôt, mais la parole est fluide. Elle glisse entre ces êtres unis par la même passion, épris d'absolu autant que de solitude.

Jacques somnole légèrement et se réveille quand Saint-Ex évoque le livre qu'il est en train d'écrire :

– *Courrier Sud* devrait vous plaire. C'est pour vous rendre hommage que je l'ai écrit.

– On n'a pas besoin de ça, Tonio ! Écris-le pour toi, c'est déjà bien assez. Il ne faut pas nous mettre dans la lumière, pas dévoiler nos secrets de fabrication, sinon on viendra nous embêter. C'est un métier d'ermites !

– C'est même pas un métier, ajoute le

moins bavard, Marcel Reine, c'est une vocation !

– Un jour, je parlerai vraiment du désert... Pour tous les enfants du monde. On est de son enfance comme on est d'un pays. Et mon pays aujourd'hui, c'est l'immensité.

Couché dans le sac, Jacques a le front presque collé au dos de l'écrivain. Un jour, lui aussi écrira. Il racontera sa mère, dira comme elle était aussi belle que mal jugée. Décrira sa vie d'orpheline abandonnée en plein désert après le pillage de sa caravane. De princesse sans carrosse, de souillon battue par sa marâtre... Il leur rabattra le caquet, à tous ceux qui la disent gourgandine ! Il prouvera au monde entier sa force de caractère pour vaincre un destin si cruel.

Les trois hommes se parlent de moins en moins ; couchés au pied de leur sac, ils ne tardent pas à s'endormir.

Affamé, Jacques tente une sortie en dénouant le lien qui referme son sac de l'intérieur. À son côté, Saint-Ex ronfle. L'enfant s'extrait de sa cage comme un chat et se précipite sur les morceaux d'agneau qui grillent encore sur la braise. Il en a plein les mains, ses lèvres s'enduisent de graisse. Il s'essuie comme il peut, d'un revers de poignet, s'aperçoit que le sang qui a coulé de son coude a coagulé. Il est sale comme un peigne, mais ravi. Il a presque envie de danser pour montrer au monde entier combien il est libre, lui, l'amoureux qui va rejoindre la femme de sa vie.

Ses muscles sont ankylosés. Il a des crampes partout. Il s'oblige à ramper jusqu'au sommet de la dune pour se décontracter les membres. De là-haut, le spectacle lui coupe le souffle. Le vent de sable fait voleter la crête des dunes, la ville dort au loin, l'océan gronde, les étoiles brillent comme jamais elles n'ont brillé à Casablanca. L'une d'elles lui fait de l'œil. C'est Gabrielle, il en est sûr.

Il redescend prudemment de son observatoire. Les trois hommes dorment toujours. Il prend de multiples précautions pour se glisser à nouveau dans le sac postal. C'est beaucoup plus difficile que dans le hangar. Il repose cette fois à l'horizontale et le courrier s'est tassé. Vaille que vaille, il y parvient et réussit même à refermer la toile de jute à l'aide de la cordelette ficelée de l'intérieur, ce qui donne au sac l'apparence d'une grosse pomme.

Jacques est couvert de sang, de graisse et maintenant de sable. Peu lui importe, il est heureux. Il y a deux jours à peine, il avait connu un tout autre sentiment de bonheur en déployant la robe que venait de recevoir sa mère. Mais il n'est plus le même. Le voilà désormais homme. Un vrai, un aventurier à la barbe bientôt naissante.

12

Ce n'est pas l'aube qui a réveillé Jacques, mais les trois aviateurs qui, pesamment, se sont levés puis embrassés avant de se séparer à contrecœur. Ils rechargent l'avion et, une fois de plus, Jacques est malmené dans son abri inconfortable. Ce n'est pas grave : l'avion redécolle, il se rapproche de sa libellule.

Beaucoup plus serein, il s'étonne lui-même de sa capacité à endurer les trous d'air et les ballottements contre la paroi d'acier quand, du cockpit, lui parvient une conversation qui l'inquiète :

– Ça y est, j'ai vu les lumières de Villa-

Cisneros. Je vais tourner au-dessus de la piste. C'est la première fois que j'effectue un largage. Jusqu'ici, je m'y suis toujours posé ! Mais avec leur obsession des économies, tu vas voir qu'on va finir par relier Casa à Saint-Louis d'une traite !

Pendant que Guillaumet continue de piloter, Reine ouvre la porte de la carlingue et s'apprête à jeter le sac de Jacques.

– Qu'est-ce que c'est lourd ! s'écrie Marcel Reine.

– Si c'est lourd, lui répond Guillaumet, c'est que ce doit être celui de Saint-Louis. Vérifie : en quittant Tonio, on n'a peut-être pas remis les sacs dans le bon ordre.

Reine retourne le sac postal. C'était bien celui de Saint-Louis. Il le repousse et jette celui de Villa-Cisneros.

Jacques l'a échappé belle. Il réfrène un rire nerveux, un soupir de soulagement. Son histoire est finalement celle des héros sans peur et sans reproche de son enfance qui traversent les épreuves parce qu'ils laissent parler leur cœur.

13

Le Potez a atterri à Port-Étienne. Le voici donc en Mauritanie. Là aussi il faut faire vite, le vent de sable et l'escale prolongée à Cap-Juby les ont retardés, ils doivent rattraper le temps perdu.

– Méfiez-vous, leur crie le chef de poste, le vent n'est pas tout à fait retombé. Vous feriez mieux de dormir un peu, avant de repartir.

– Non, merci, répond Guillaumet, nous n'avons que trop paressé à Cap-Juby. Adieu, l'ami, dit-il en mettant les gaz, sitôt le plein effectué.

L'autre les salue en regardant avec inquiétude l'horizon qui noircit.

Vingt minutes plus tard, ils font face à une

barrière infranchissable. Après avoir consulté Reine, le pilote esquisse un demi-tour pour regagner Port-Étienne. Ce n'est pas mieux. Ils descendent de plus en plus et se retrouvent soudain au ras des eaux, au-dessus de vagues inquiétantes.

– Cap à l'est, dit Guillaumet. Nous tenterons de nous poser dès que nous verrons la côte.

Dans la grisaille qui les entoure, ils évitent de justesse une immense dune qu'ils pensaient beaucoup plus éloignée, avisent une longue plage en apparence hospitalière, et finissent par se poser après deux tentatives infructueuses contrariées par le vent.

Malheureusement, le train d'atterrissage se casse. Le Potez fait une embardée, son aile gauche touche le sable et l'avion se retourne. Dans son sac, Jacques est assommé et perd à demi connaissance. Les deux pilotes s'extraient de leur siège et constatent les dégâts.

– Crénom ! s'exclame Marcel Reine. Il va

bien nous falloir deux jours pour réparer le train. Quant à l'aile, ce n'est pas gagné. Il nous faudrait trouver du bois assez solide pour lui confectionner une sorte d'attelle. Dieu merci, le réservoir n'est pas percé. Pas de fuite d'huile ni d'essence : on va s'en sortir.

– Si les petits cochons ne nous mangent pas ! ajoute Guillaumet qui n'a pas tardé à recouvrer sa bonne humeur.

14

Légèrement rassérénés par leur première évaluation des dommages, les deux hommes commencent par bivouaquer en allumant un feu. La nuit tombe et interdit toute réparation. Ils dorment au pied de leur avion blessé, tandis que Jacques, dans son sac, ayant repris connaissance, se demande s'il doit se manifester, puis s'assoupit à son tour.

Des cris stridents les réveillent en sursaut. Des pillards les attaquent. Un rezzou ! Combien de fois n'ont-ils pas entendu ce mot terrible... Nombre de leurs camarades sont tombés dans le piège avant eux. Certains s'en sont bien sortis, mais presque toujours au terme d'une longue captivité, soldée par une rançon.

L'équipage du Potez n'a pas oublié ce qui est arrivé à leur ami Mermoz, il y a deux ans, non loin de Cap-Juby. Avec son interprète Ataf, il s'était retrouvé en plein désert à la suite d'un atterrissage forcé et avait tenté, sans la moindre boussole, de retrouver la côte, vers le sud, puis vers le nord. Plus de cent kilomètres à marcher face au sable qui leur desséchait la gorge et les poumons. Leur bonbonne d'eau était vide. Tenaillés par la soif, ils avaient décidé de revenir à l'avion et de boire l'eau du radiateur, pleine de poussière et surtout terriblement acide. Elle avait attaqué leurs entrailles. Ils avaient repris leur route, mais avaient alors rencontré les Hommes bleus tant redoutés, les R'Gueibat : « Ils me tenaient en joue, avait raconté Mermoz à ses amis, je ne pensais à rien, sinon à éviter le geste fatal comme on évite par la douceur des mouvements une piqûre de guêpe qui plane autour de vous. » Les Maures ne tirent pas, Ataf essaie de palabrer, fait valoir la rançon qu'ils peuvent réclamer, tandis qu'à tout moment Mermoz s'attend à recevoir une balle dans la nuque. On ne fait que l'assommer assez rudement, puis, à demi nu, il est solidement attaché sur le dos d'un chameau. La promenade infernale commence. Ils évitent les tribus rivales, prêtes à attaquer pour négocier le prix de l'otage blanc, ils sont séquestrés plusieurs jours dans des grottes, enfin sous une tente : celle du frère du sultan de Taroudant qui, heureusement, parle le français. Jean Mermoz sortira très amaigri de cette détention lorsque la rançon, mille pesetas, sera finalement versée, quelques jours plus tard, par la compagnie Latécoère.

À la fin de cette année 1926, la même aventure s'est terminée tragiquement pour l'un des meilleurs amis de Mermoz, le pilote Léopold Gourp. Le 10 novembre, son avion venait de quitter Villa-Cisneros peu avant l'aube. Voilà que le Bréguet XIV se met à tousser. La fameuse « salade de bielles », comme on dit entre pilotes et mécanos. Henri Érable pilote l'avion d'escorte avec à son bord le mécanicien espagnol Lorenzo Pintado et toujours Ataf, l'interprète maure. Il se pose à côté du Bréguet lorsqu'une salve de balles le touche. À mort. À la tête des R'Gueibat, Ataf reconnaît l'un des chefs maures les plus dangereux, Ould Haj Rab. Les balles suivantes atteignent le mécanicien Léopold Gourp. Pintado meurt sur le coup ; Gourp, grièvement blessé à la jambe, perd abondamment son sang. Qu'importe, s'il ne reste que lui, il est l'otage qu'il leur faut.

Dès ce moment, Ould Haj Rab n'a plus qu'une obsession : que Gourp vive, quel qu'en soit le prix ou quelle que soit la douleur pour le blessé. Il doit servir de monnaie d'échange. On l'attache comme une pièce de viande sanguinolente à la selle d'un chameau. Pour faire cicatriser sa plaie béante, les Maures y déposent du crottin, et la caravane s'ébranle. Gourp saigne toujours, il hurle, mais en vain. Au bout de deux jours de marche sous un soleil de plomb, la gangrène prend, la vermine s'infiltre, Gourp commence à délirer. Il souffre atrocement et veut en finir. Il profite d'un instant d'inattention de ses ravisseurs pour retirer de la trousse à pharmacie de l'avion – qu'il a emportée avec lui – un flacon d'acide phénique et une bouteille de teinture d'iode. Il avale d'un trait le mélange mortel. Épuisé par la douleur qui lui ronge les entrailles, il perd connaissance.

Pendant ce temps, à Dakar, à Casa, à Cap-Juby, on le cherche dans toutes les directions. Ould Haj Rab se manifeste enfin : il sait que les heures de Gourp sont désormais comptées. La négociation avance vite : Gourp sera rendu contre une rançon de cinq mille pesetas. En à peine six mois, les tarifs ont été multipliés par cinq !... Lassalle et Riguelle le récupèrent à bord de leur avion et se posent à Cap-Juby. Le médecin militaire espagnol est pessimiste :

il faut amputer, la gangrène a gagné. Mais le poste n'est pas équipé et Gourp semble intransportable.

Un Laté 27 limousine, un prototype, capable d'évacuer dans de bonnes conditions un blessé grave, est envoyé en urgence de Toulouse pour effectuer le sauvetage. Quatre jours plus tard, l'avion se repose à Montauban avec Gourp à l'arrière, plongé dans un coma profond.

Mermoz est sur la piste, derrière les ambulanciers de l'hôpital principal. Il s'en souviendra toute sa vie, chaque jour, et le racontera souvent à ses amis Reine et Guillaumet : ce visage de Gourp, mangé par la barbe, ce visage creusé, ces yeux morts qui ne voyaient même plus la lumière, et cette respiration qui n'est déjà plus qu'une ultime protestation. Et puis cette odeur, surtout, dans l'avion, cette odeur d'iode qui vient de l'intérieur des entrailles, cette odeur de viande pourrie…

Léopold Gourp recevra la Légion d'honneur sur son lit de mort, quelques jours plus tard. C'était il y a seulement un an et demi.

C'est à tout cela que Reine et Guillaumet pensent en entendant les cris des pillards, à tout cela et aux autres récits terrifiants de leurs camarades revenus de captivité.

Jacques, lui, ne sait rien de ce qui les attend. Il n'a plus qu'un désir : sortir de sa prison de toile de jute, fût-ce au péril de sa vie.

15

Les Maures n'ont pas tiré. Ils sont si nombreux qu'ils n'ont nul besoin d'intimider ces hommes tombés du ciel comme un cadeau. Ils les capturent sans difficulté mais, alors qu'ils les ligotent, l'un d'eux tente de subtiliser la montre de Guillaumet.

– Pas touche ! s'écrie le pilote en se débattant. Vous n'aurez jamais ma montre. C'est ma petite femme qui me l'a donnée. Je l'emporterai jusque dans ma tombe !

Le Targui ne comprend rien, mais n'apprécie pas cette rébellion. Il tente de calmer l'étranger d'une bonne gifle. Reine se rebiffe à son tour. Plusieurs Maures viennent soutenir leur congénère. La bagarre devient générale.

Les deux pilotes se sont débarrassés de leurs liens, pourtant ils sont loin d'avoir le dessus. Un assaillant sort un sabre de son fourreau. Reine commet l'erreur d'exhiber son pistolet. Plusieurs Maures se précipitent sur lui et lui tordent le poignet. Un coup part. Guillaumet est blessé à l'épaule. Les deux aviateurs cessent toute résistance.

La petite troupe des assaillants est devenue plus nerveuse. Elle désarme les pilotes et fouille sommairement l'avion. Apparemment, les sacs postaux ne l'intéressent pas, seule la perspective d'une rançon excite sa curiosité. Le Targui qui s'est battu avec Guillaumet veut se venger en perçant les sacs de la pointe de son sabre. À l'instant où il s'apprête à s'en prendre à celui de Jacques, ses camarades lui retiennent le bras et l'obligent à partir avec eux et leurs otages.

16

Seul désormais, Jacques s'est mis à pleurer dans sa triple cage de toile, de métal et de sable. Il a doucement appelé sa mère avant de se raisonner. Tous ces événements l'ont bouleversé. Encore endolori par les séquelles de l'atterrissage raté, il s'extrait précautionneusement de son sac, jette un coup d'œil à l'extérieur pour vérifier si les Maures n'ont pas laissé de garde près de l'épave, puis se précipite sur les provisions de bord. Il y en a peu – des biscuits, surtout – mais il les croque à pleines dents. Heureusement, l'eau ne manque pas et il peut enfin se désaltérer.

Sur la plage, il trace un immense S.O.S. ! Son père lui avait dit s'être un jour ainsi repéré en cherchant la trace d'aviateurs perdus. Épuisé, noir de crasse après ces deux jours passés dans le sac postal, il va se baigner longuement dans la mer et s'endort enfin à l'ombre de l'aile brisée de l'appareil.

Il est réveillé par un bruit de moteur. C'est un avion de reconnaissance qui le survole. L'appareil a dû décoller de Port-Étienne quand on a su que le Potez n'était pas parvenu au Sénégal. Jacques court en tous sens et fait de grands signes désordonnés. L'avion semble y répondre en effectuant deux battements d'aile, mais Jacques ne sait comment les interpréter.

C'est alors que les pillards reviennent en poussant des cris, alertés par le passage à basse altitude de l'avion. De loin ils aperçoivent Jacques qui gesticule. Ils le poursuivent et ont tôt fait de le rattraper.

17

Jacques s'est maladroitement recouvert la tête d'un morceau du sac postal éventré dans l'avion par le Maure. Quand les Touareg le rejoignent, ils lui arrachent sa pauvre protection et découvrent alors un tout jeune garçon. Ils ont un mouvement de recul. L'un d'eux se met à rire, les autres l'imitent.

Ils appellent celui qui paraît le cadet de la troupe. Il vient parler au jeune Européen et lui offre des dattes en continuant à s'esclaffer. Jacques rit à son tour tout en avalant goulûment ce qu'on lui tend.

Les Touareg semblent embarrassés. Que faire d'un aussi tendre otage ? D'où vient-il ? Était-il caché dans l'avion ? A-t-il été déposé par l'autre appareil, et, dans ce cas, serait-ce un leurre, un appât ? Ils le fouillent à tout hasard. Il n'y a rien sur lui, si ce n'est une lettre maculée de sang. Ils l'ouvrent pour savoir si elle contient quelque piège, puis la lui rendent. Ils décident de l'emmener jusqu'à leur campement.

C'est la première fois que Jacques chemine à dos de chameau. Le jeune Bédouin lui apprend comment tenir ses pieds légèrement croisés sur l'encolure de la bête. Il s'en sort plutôt bien. De loin il peut maintenant percevoir une joyeuse animation entre deux dunes. Beaucoup de femmes, d'enfants, très peu d'hommes. Tous le considèrent avec surprise, mais sans défiance. À l'écart du groupe, une jeune fille d'environ treize ans le fixe attentivement. Le garçon est troublé par ce regard mêlé de provocation et de maturité.

Pour l'heure, Jacques a d'autres préoccupations. Il scrute les dunes, examine les familles de Touareg. Guillaumet et Reine ne sont pas parmi eux. La blessure du premier est-elle plus grave qu'il ne le redoutait ? Est-il soigné sous une tente ? Transporté vers un autre campement ? Il ne sait trop comment se terminent ces kidnappings. Son père lui a déjà parlé de rançon, il s'est d'ailleurs retrouvé à devoir un jour en payer une, aux confins du Río del Oro, mais il n'est jamais entré dans le détail des captivités, il ne lui a pas davantage dit combien de temps elles pouvaient durer.

Jacques n'ose encore demander de leurs nouvelles. Il a entendu les jurons de Guillaumet, puis les cris et les bruits de la bagarre. Il craint d'être assimilé à ces aviateurs belliqueux. Pour le moment, il n'a que deux aspirations : manger à sa faim et pouvoir enfin dormir tout son soûl.

18

Les Touareg se sont accroupis autour d'un grand feu. Aux alentours, sur chacune des dunes, un homme veille. Les femmes ont appelé Jacques à les rejoindre. La cérémonie du thé à la menthe le fascine. Rien à voir avec le rite citadin qui pourtant l'impressionnait grandement, à Rabat, quand Fatima, la cuisinière, versait le thé brûlant à mi-verre en levant haut le bec de la théière. Dans le campement, ce sont les hommes qui servent le thé avec d'amples gestes qui montent et descendent au-dessus des tasses. Le jet est précis, bruyant. Jacques reprend trois fois du breuvage. Il est assoiffé. En lui montrant les outres pleines d'eau, les femmes lui ont fait comprendre qu'il ne fallait pas en boire. Était-ce une interdiction ? Une précaution ? Il a lu dans les récits de voyage de René Caillé que boire trop d'eau quand on est déshydraté peut conduire à la catastrophe.

Après la cérémonie du thé qui a duré fort longtemps, s'annonce celle du méchoui qui se prépare là aussi sans hâte excessive. On apprend à Jacques comment se servir de ses doigts avec délicatesse. Et on le gâte en lui réservant de beaux morceaux.

Enhardi par cette sollicitude qu'il sent autour de lui, il ose enfin demander où se trouvent ses deux compagnons. Mais personne ne le comprend ou ne souhaite le comprendre.

Vers la fin du dîner, il donne de tels signes de fatigue qu'une femme l'accompagne et lui désigne une natte où se coucher. C'est la première fois qu'il se retrouve à dormir à la belle étoile. Pas de baiser maternel, une âcre odeur de cuir, de suint et de crottin, et, de temps à autre, les bâillements de chameaux qui blatèrent à s'en décrocher les mâchoires : rien de propice à l'endormissement... Jacques fouille ses poches et retrouve la lettre parfumée à l'*Heure bleue* qui l'accompagne depuis Rabat et lui a permis d'affronter toutes ces aventures avec une force qu'il ne se connaissait pas. Elle est courte, l'écriture en est magnifique :

Mon amour,

Quand on abandonne quelqu'un en rase campagne après lui avoir fait miroiter tant de sublimes ailleurs, on le laisse à sa peine et à sa solitude. Il ne faut pas remuer les rancœurs du passé. Moi, je ne veux en conserver que les souvenirs les plus magiques. Il y en a tant. Et presque jusqu'au bout.

La lettre n'est signée que d'un P majuscule.

Un instant, Jacques a espéré que ce soit un M, que ce soit son père qui ait écrit à sa mère. Le ton, le parfum, et lui, le messager, c'eût été trop beau ! En retournant l'enveloppe, il découvre qu'elle est adressée à une certaine Agathe Nin qui habite Saint-Louis du Sénégal. Elle aussi a été aimée, elle aussi a fait souffrir l'homme qui l'aimait. Sont-elles donc toutes comme cela ? C'est en pensant à Yella qu'il parvient à trouver le sommeil.

19

Sa nuit a été entrecoupée de cauchemars. Plusieurs fois il s'est réveillé : d'abord en sueur, puis glacé. Il a enroulé la natte autour de lui et a tenté de se rendormir, mais tous les événements de ces derniers jours ont déboulé au galop pour l'en empêcher : la danse lascive de sa mère avec Lindbergh, son évanouissement, sa fièvre, le visage décomposé de son père, sa confession, la peur de se faire arrêter à l'aérodrome, puis à Cap-Juby, de se faire larguer au-dessus de Villa-Cisneros, de s'écraser à l'atterrissage, de se faire tuer par des bandits, cela faisait tant, pour un garçon jusqu'alors chouchouté par la vie, qu'il dut se pincer très fort pour admettre que tout cela lui était bien arrivé.

Au petit matin, les bruits du campement l'ont réveillé. Jacques se retourne et voit, à dix mètres de lui, le visage de la jeune Targuie de la veille. Elle aussi est enveloppée dans une natte. Elle le regarde fixement comme elle ferait d'un animal inconnu.

Jusqu'alors chuchotantes, les voix alentour se font conciliabules. On appelle Jacques pour un nouveau thé à la menthe, toujours accompagné de quelques dattes.

L'instant qui suit est plus délicat. Il ne sait comment ni où faire sa toilette. Voyant son embarras, la jeune fille qui le fixe toujours le prend par la main et l'emmène derrière un rideau de feuilles de palmier. C'est là que trône une outre en peau de chameau, remplie à ras bord. La Targuie l'oblige à retirer sa chemise, lui verse de l'eau en le frottant vigoureusement, lui demande de retirer son pantalon – il hésite –, puis son caleçon – il refuse. Elle s'en amuse et lui lave les jambes tout en continuant à l'observer fixement. Il est à la fois terriblement gêné et très excité. Elle enduit son corps d'huile de palme. Il se laisse faire délicieusement.

Le soleil est désormais bien visible au-dessus de l'horizon. Jacques a moins froid. L'adolescente lui fait signe de s'asseoir et entreprend, accroupie, de lui laver ses affaires avec du savon noir. Il est ému et indécis, elle lui donne l'impression de chercher à l'aguicher et il ne sait comment se comporter.

Une fois de plus, c'est elle qui prend l'initiative. Elle l'entraîne à l'écart du campement et le fait grimper sur la plus haute dune. Là, elle se déshabille presque entièrement et ne garde sur elle qu'un simple slip de coton. Ses seins sont déjà bien formés. Jacques n'en a jamais vu d'autres que ceux de sa mère, juste entraperçus lorsqu'il lui arrivait de la guetter, à la sortie de la salle de bains, avant qu'elle ne remette un paréo. La jeune nomade se laisse alors glisser tout en bas de la dune et lui fait signe de la rejoindre. Il dégringole à son tour en poussant des cris de joie. La jeune fille applaudit et lui propose de regrimper au sommet. Trois fois ils en redescendent sur les fesses ou en se laissant rouler de côté.

La dernière fois, ils se donnent la main pour dévaler la dune ensemble. Ils rient très fort et se retrouvent en bas enchevêtrés dans les bras l'un de l'autre. Les pointes des seins de l'adolescente touchent le torse de Jacques. Ils se raidissent. Elle approche ses lèvres. Une fois de plus, il se laisse faire. Il ne sait plus où il est. Entre ciel et terre ?

20

Leur étreinte a duré une bonne seconde – une éternité. Désormais, il supporte les yeux clairs qui le fixent intensément. Cette fois, c'est lui qui la prend par la main. Ils retournent à l'endroit où leurs affaires viennent de sécher. Il s'habille et revient avec elle au campement. Quelques vieilles femmes les observent du coin de l'œil. Des filles de leur âge gloussent ostensiblement. Un jeune homme leur lance un regard sombre avant de proférer ce qui lui semble une insulte.

Après un déjeuner frugal mais délicieux, la jeune fille lui apprend un jeu à base de pierres que l'on déplace, un peu comme aux échecs, jusqu'à ce qu'il n'en reste plus qu'une. Après avoir perdu trois fois d'affilée, Jacques ne se débrouille pas trop mal.

Il lui est venu une idée. Il lui demande de lui apprendre quelques mots en arabe à partir des dessins qu'il esquisse dans le sable. Elle se prête avec plaisir à ce nouveau jeu tout en se moquant gentiment de sa prononciation, mais l'applaudit à chaque tentative réussie. Il en profite pour lui demander son âge. Elle répond en dessinant des bâtonnets, puis en posant l'index sur son cœur, et enfin en écartant les doigts. Elle rit tout en secouant la tête. Alors il continue en dessinant des chiffres sur le sable et en les associant à des groupes de bâtons. Il commence par donner son âge à lui et regrette presque instantanément d'avoir écrit douze et non treize, mais bon, c'est fait... Elle se lance à son tour, inscrit un 4, puis un 2. Elle se reprend en riant et met le 2 devant le 4. Vingt-quatre ans! Jacques la regarde, ébahi. Devant son ahurissement, elle fronce les sourcils et cherche à saisir ce qui ne va pas. Elle regarde à nouveau les chiffres tracés sur le sol par son nouvel ami et tape vigoureusement de la paume sur le sol. Elle s'est trompée. Elle efface le 2 et le remplace par un 1. Quatorze ans…

Il la regarde avec ravissement : c'est une grande et c'est lui qu'elle a choisi pour ami, malgré sa jeunesse et son inexpérience. Il en est si troublé qu'il remarque à peine le léger baiser qu'elle lui dépose sur la nuque.

21

Quand le soir descend et que, très vite, le soleil disparaît derrière les dunes, à l'ouest, du côté de la plage, ils se retrouvent à nouveau devant un verre de thé à la menthe et les restes du méchoui, en compagnie des autres Touareg qui lui semblent plus nombreux que la veille. L'un d'eux les observe fixement en oubliant presque de manger. C'est le même que celui du matin. Jacques essaie de questionner sa voisine à son sujet. Peine perdue. Elle semble ne pas comprendre. Jacques lui demande alors son nom à elle et, pour l'encourager, trace le sien dans le sable. Il l'oblige à le répéter plusieurs fois et, satisfait du résultat, insiste pour qu'elle écrive à son tour son prénom. Mais la jeune fille ne sait ni lire ni écrire. Il lui caresse la joue pour se faire pardonner de l'avoir inutilement tourmentée.

Ce geste furtif et innocent déclenche illico la colère du jeune homme qui leur fait face. Il pousse une interjection très sonore qui met Jacques mal à l'aise. Ses voisins essaient de le calmer par des tapes sur l'épaule, et la jeune fille se déplace ostensiblement d'un quart de tour pour ne plus l'avoir en vis-à-vis. Elle lui glisse alors dans le creux de l'oreille son prénom : Aman Dina. Pour mieux se faire comprendre de lui, elle lui montre un noyau de datte, oblong comme une amande.

Amande douce, amande amère, Jacques est prêt à tout accepter de son Aman Dina. C'est la première fois qu'il est amoureux d'une autre que sa mère.

22

Voilà une demi-heure qu'il s'est couché sur sa natte et qu'il somnole en pensant alternativement à Aman Dina et à sa mère dans les bras de Lindbergh, vision qui ne l'horrifie plus comme la veille. Soudain il se laisse envahir par la douce sensation d'une main qui lui ferme les yeux, d'une autre qui descend le long de son flanc droit ; c'est la jeune Targuie qui l'a rejoint sans nul bruit au milieu du campement ensommeillé. Elle se colle à lui. Il ferme les yeux.

Lorsqu'il se réveille, aux premières lueurs du soleil, il la cherche de la main. Elle n'est plus là. On l'invite à prendre le thé. Elle réapparaît et lui fait à nouveau signe de le suivre pour aller se laver. Cette fois, elle se montre encore plus entreprenante et lui demande d'ôter ses sous-vêtements. Il n'hésite plus. Elle le savonne longuement et lui demande la pareille. Pour le remercier, elle l'embrasse à pleine bouche. Il n'a guère le temps de comprendre ce qui lui arrive : elle l'entraîne pour repartir dévaler les dunes à perdre haleine.

Au bas de la seconde, Jacques, qui a choisi le roulé-boulé, se heurte à un morceau de bois fiché en terre. Il s'agit en fait d'une lance et, à ce qu'il lui semble, tout près, de deux pieds, ceux du jeune Maure qui ne cesse de le fixer depuis la veille.

Jacques se redresse instantanément et lui fait face. L'autre le repousse sans difficulté et, d'une pichenette au thorax, le fait chuter dans le sable, dos collé à la dune. Il déterre sa lance, la retourne et en fiche le bout tranchant dans la djellaba qu'Aman Dina lui a prêtée. Incapable du moindre mouvement, à la merci de son agresseur toujours aussi menaçant, il ne reste plus à Jacques qu'à attendre une correction, mais l'autre chancelle soudain sous le coup d'une gifle assénée avec force par Aman Dina. Son audace stupéfie Jacques, mais semble payante : le Maure n'ose répliquer. Les deux jeunes gens s'apostrophent violemment, puis l'assaillant se retire en jurant. Il a perdu la partie, et surtout la face. Sa vengeance n'est pas à la hauteur de sa colère : il déchire la djellaba de Jacques en retirant la lance qui y était fichée.

23

Le jeune Targui n'est pas au campement quand ils y reviennent. Jacques et Aman Dina n'ont plus à se cacher pour poursuivre leurs découvertes mutuelles, ce qui semble ici amuser tout le monde. Ils sont désormais passés aux leçons d'arabe. Jacques apprend à grande vitesse tout ce qui peut lui servir dans l'immédiat : la nourriture, les détails pratiques, l'avion, les hommes, les Français…

Au déjeuner, fort de ces notions, Jacques demande des nouvelles des pilotes au chef targui. Celui-ci semble embarrassé et finit par lui répondre dans un français approximatif que « tout dépend du chef ».

– Mais le chef, c'est vous ! s'exclame Jacques.

– Non, votre chef à vous, répond l'autre, le chef blanc. C'est à lui de décider.

– De décider quoi ?

Le visage du Maure se ferme.

Jacques ne sait que penser et s'abîme dans une profonde mélancolie qui, d'un coup, lui fait oublier tous les plaisirs nouveaux qu'il vient de découvrir. Son père doit s'inquiéter mortellement. Il lui faut absolument prendre contact avec Guillaumet et Reine. Mais comment ?

Aman Dina semble affectée par son refus de jouer. Il tente plusieurs fois de la questionner sur les deux prisonniers, mais visiblement elle ne sait rien. Elle essaie de le divertir par toutes sortes de subterfuges, lui réclame à son tour quelques leçons de français. Jacques ne les lui dispense qu'à contrecœur. Elle se fait alors câline et propose de l'emmener derrière la plus haute dune, là où leurs jeux du matin ont failli déraper. Il refuse. Aman Dina entrouvre légèrement le haut de sa djellaba. Peine perdue : Jacques ne la suivra pas. Décontenancée, ne sachant comment lui parler, elle ne cache pas sa tristesse. Elle semble sincère. Le jeune garçon est touché par sa peine.

En fin d'après-midi, deux pillards reviennent avec les trois sacs postaux de l'avion. Ils en vident le contenu au milieu de tous, ce qui choque profondément Jacques. Il a été élevé dans la religion du courrier qu'on doit distribuer par tous les temps, lettres d'amour ou lettres d'affaires, et que nul n'a le droit de violer. Mais il n'ose se rebeller.

Les Touareg sont devenus plus agressifs. Ils palpent les enveloppes pour vérifier qu'elles ne contiennent pas d'argent ou d'objets précieux. Deux paquets sont même éventrés.

Leur contenu ne les intéresse pas ; le chef targui se saisit d'une lampe de chevet soigneusement emballée et la fracasse contre un rocher tout en s'emportant contre Jacques. Il lui fait comprendre, doigts dressés, qu'il attend de l'argent, celui de sa rançon.

Jacques se tourne vers Aman Dina en implorant son aide. Trop de clés lui échappent. Il n'arrive pas à comprendre s'il est lui-même otage ou s'il bénéficie d'un statut spécial dû à son jeune âge ou à sa relation avec l'adolescente. Il y a encore une heure, il se sentait rassuré au milieu de cette tribu. Le voici désormais inquiet.

Son regard parcourt le contenu des sacs éventrés. Soudain, son attention est attirée par une lettre qui gît au milieu des débris de la lampe. C'est l'écriture de son père ! Elle est adressée à « Yella Bonnieux c/o Paquebot *Jean-Laborde*, aux bons soins de l'administration portuaire, Saint-Louis du Sénégal. »

Jacques hésite longuement. Il n'a jamais ouvert une lettre de ses parents. Il la décachette en tremblant :

Reviens, Gabrielle. Je t'aime infiniment. Tu me manques déjà terriblement et Jacques sera inconsolable,

Marcel.

Son père a dû la faire déposer à son retour de la gare maritime. La signature est tachée, une larme peut-être. Jacques est bouleversé, il fourre la lettre sous sa chemise, tout près du cœur, pour se réchauffer et redonner à distance de l'amour à ses parents... Il jette un coup d'œil autour de lui pour vérifier si personne n'a observé son geste. Aman Dina seule le regarde. Quand elle lui demande pourquoi il pleure, il lui montre plusieurs fois son cœur en s'inclinant comme il l'a souvent vu faire chez les Arabes.

À cette minute-là, Jacques est devenu un

grand garçon. Il sait qu'il y a sur terre des sentiments plus forts que la vie même, il sait aussi qu'il n'est pas de mots pour les dire, si ce n'est ceux du cœur, mais ceux-là ne s'apprennent pas.

24

La nuit est venue ; Jacques s'est allongé sur sa natte sans avoir dîné. Aman Dina l'y a rejoint et s'est glissée à ses côtés. En un clin d'œil, elle s'est débarrassée de sa djellaba et leur en a fait une couverture. Il n'est pas habitué aux rigueurs du froid nocturne, elle l'avait remarqué, la nuit précédente. Autour d'eux, chacun a vu la scène, mais nul ne semble s'en offusquer, tous détournent le regard.

Aman Dina se penche à l'oreille de Jacques. Elle lui murmure des mots doux qui roulent comme un ruisseau sur des pierres lisses. Il ne les comprend pas, mais sait qu'ils cherchent à le consoler. Il baisse les paupières et se laisse griser. Il les rouvre pour croiser son regard mordoré, il ne la quitte plus des yeux. Immobiles le long de ses hanches, ses mains n'osent plus bouger. Un frisson l'a envahi : c'est elle qui promène ses doigts sur son corps. Cette fois-ci, il peut s'abandonner. La nuit est douce, leurs peaux s'accordent, il émane de cet instant un parfum de fleur d'oranger. Haut dans le ciel, une lumière les protège du monde.

25

Le réveil semble aussi doux que la nuit : un simple rai à l'horizon déjà rougi, puis une lumière plus vive. Le soleil se lève en majesté.

Autour de Jacques, les couvertures ondulent, les corps se détendent, se relèvent lentement. Mais, soudain, un bruit assourdissant précipite le mouvement : c'est un avion qui les survole en vrombissant. L'adolescent se lève d'un bond, s'élance pour adresser des signes à l'aviateur. Il n'a pas fait cinq mètres qu'un Targui le ceinture et le plaque au sol. Il barre sa bouche d'un doigt autoritaire et mime le passage d'un sabre sur sa gorge pour lui intimer silence.

Derrière la grande dune, hommes et femmes restent couchés à terre. L'avion revient et passe tout près du campement. Jacques a envie de crier, mais l'homme le fixe de ses yeux menaçants. À nouveau l'appareil s'éloigne puis revient avec un son différent. Moteur au ralenti, après l'atterrissage ou ratés dans l'injection d'essence, comme avant une chute ? L'oreille de Jacques est habituée par tant d'après-midis passés à l'aérodrome auprès de son père, mais, cette fois-ci, il ne sait pas distinguer. Il attend avec angoisse. Rien ne se passe.

Les Touareg en profitent pour se mettre en branle et se préparer au pire. On cache les femmes et les enfants, Jacques y compris, dans une tente recouverte d'un camouflage de plantes du désert. Les hommes grimpent sur leurs chameaux et se dirigent vers l'ouest, là où le bruit a cessé.

26

Le campement a recouvré son calme. Aman Dina se presse contre Jacques. Il essaie de se dégager. Elle répond en français, avec les mots qu'il lui a appris : « Tu es mon prisonnier », et elle profite de sa stupeur pour l'embrasser sur la bouche.

Comme il ne lui témoigne plus que de la froideur, elle finit par lui avouer, gestes et mimiques à l'appui, que les deux aviateurs français sont bien retenus en otages par des hommes de sa tribu, à trois kilomètres de là, et qu'ils sont sains et saufs. Pour acheter définitivement ses bonnes grâces, elle lui propose de l'emmener les voir. Sous prétexte d'aller chercher de l'eau, elle quitte la tente et la vieille femme qui les garde, puis revient en rampant par un entrebâillement. Elle attire Jacques à elle comme une mangouste ferait d'un serpent et le guide à travers les dunes.

Dès que le campement est hors de vue, elle se tourne brusquement vers Jacques, se déshabille entièrement et dévale une longue pente à grandes enjambées. Elle lui fait signe de la rejoindre, sans vêtements, en gardant le silence. Il obéit, la suit et bondit vers le soleil.

Au bas de la dune, elle l'attire à elle, ils restent dans une étreinte immobile, corps à corps, tête enfouie dans le cou de l'autre, cuisses enchâssées, seins collés, ses pieds à lui sous-tendant la dure plante de ses pieds à elle, puis ils se remettent en route après s'être rhabillés.

Il la suit, droit comme un *i*, un adulte en construction.

Une demi-heure plus tard, elle se retourne et lui serre le poignet. Elle vient de discerner des éclats de voix à quelques centaines de mètres. Ils rampent entre les dunes et grimpent sur l'une d'elles pour observer le spectacle.

Il est impressionnant.

27

Deux groupes se font face. D'un côté, une troupe d'une trentaine de Touareg armés de sabres avec, en leur centre, deux hommes agenouillés que Jacques a du mal à distinguer. De l'autre, quatre soldats français derrière deux individus, sans doute leur lieutenant et un civil. Tous ont des pistolets à la ceinture.

La conversation semble animée. Les deux adolescents n'en perçoivent que les éclats. Ils devinent une âpre négociation. Le chef targui s'énerve en découvrant la liasse de billets qu'on lui propose. De toute évidence, ce sont des fusils qu'il voulait : il en imite un avec son sabre. Il fait même mine de tenir en joue l'un des deux aviateurs agenouillés. Le chef approche dangereusement sa lame de la gorge du pilote que Jacques reconnaît aussitôt malgré sa barbe et son état de fatigue.

Sur l'ordre de leur chef qui s'avance alors, les quatre soldats arment leur revolver pour protéger Guillaumet. On va vers le drame. Aman Dina se voile les yeux.

Soudain, le civil qui était resté légèrement à l'écart demande à l'officier, d'une voix ferme, de mettre en joue. Il s'avance en pleine lumière. Jacques est noué par l'émotion. Cette voix, cette silhouette…

Son père continue d'avancer. Deux pas de plus vers les pillards, jusqu'à les toucher. Il ôte sa chemise, puis son ceinturon, jette enfin son pistolet aux pieds du chef targui et s'emporte :

– Il est à toi. Ce n'est pas la République française qui t'en fait cadeau, c'est de ma part. Rends-moi mes amis !

Puis il se fraie un passage au milieu des Bédouins et se dirige vers Reine et Guillaumet. Il les étreint contre sa poitrine et se retourne vers le chef targui, un bras sur une épaule de chacun des aviateurs.

– Merci, dit-il simplement.

L'autre reste interdit et fait signe à ses hommes de ne pas bouger.

L'audace de Marcel a payé.

Les yeux brillants, Jacques regarde Aman Dina en lui montrant son cœur et en tambourinant sur son torse pour lui faire comprendre qu'il est son fils. La jeune fille lui sourit. Main dans la main, tous deux attendent que les Touareg soient remontés sur leurs chameaux, avec rançon et pistolets, puis ils suivent à distance le groupe des aviateurs et des soldats français qui ont pris la direction de l'ouest.

Lorsqu'ils sont bien sûrs d'être hors de portée des Touareg, Jacques s'élance sur la plus haute dune et crie à pleins poumons.

Son père se retourne, ébahi. Il lui faut du temps pour comprendre que cet adolescent à la peau brunie, à demi dépoitraillé, au côté d'une jeune Arabe, est bel et bien son fils. Comment a-t-il pu atterrir ici, en plein désert, en ce lieu d'extrême danger ? Sans chercher plus longtemps une réponse, il se précipite vers lui. Jacques dévale la dune en zigzaguant de bonheur et saute dans ses bras.

C'est lui qui, le premier, se dégage et embrasse son père sur les deux joues. Sa barbe pique inhabituellement, toute sa vie il a pris sur lui pour n'offrir que le plus doux de lui-même à son fils.

Si Jacques a voulu couper court aux effusions qui les submergent l'un et l'autre, c'est qu'il souhaite présenter Aman Dina à son père. Il se retourne. Elle a disparu du sommet de la dune.

Il crie son nom plusieurs fois, s'élance pour

la rejoindre, puis s'immobilise soudain. Elle l'a conduit là où il voulait aller. Il comprend qu'ils ne se reverront jamais plus.

28

Plusieurs fois, en cheminant aux côtés de son père vers l'avion qui les attend, Jacques se retourne et essaie de distinguer la silhouette de la jeune Targuie. Il ne voit rien. Juste un mirage à l'horizon. Une ligne incertaine, un lac un peu flou où baignent des espoirs évaporés.

Tout affaibli qu'il est, Guillaumet n'a pas perdu cette gouaille que Jacques lui a toujours connue. Il se tourne vers lui et lui dit avec son bon accent de la Marne :

– Bien roulée, la fatma ! Tu as l'air d'en pincer !

Jacques rougit et n'ose lui répondre. Son père a senti sa gêne et, pour passer à autre chose, lui glisse en confidence dans le creux de l'oreille :

– Tu sais, ta mère n'a jamais pris le paquebot de Saint-Louis…

À cet instant, il préfère ne pas croiser son regard. Son père est désormais un héros à ses yeux, et les héros, avec leurs faiblesses, leurs pieux mensonges, ont droit à toutes les indulgences.

DU MÊME AUTEUR

Aux Éditions Albin Michel

LETTRES À L'ABSENTE, récit, 1993.

LES LOUPS ET LA BERGERIE, roman, 1994.

ELLE N'ÉTAIT PAS D'ICI, récit, 1995.

ANTHOLOGIE DES PLUS BEAUX POÈMES D'AMOUR, 1995.

UN HÉROS DE PASSAGE, roman, 1996.

LETTRE OUVERTE AUX VIOLEURS DE VIE PRIVÉE, essai, 1997.

UNE TRAHISON AMOUREUSE, roman, 1997.

LA FIN DU MONDE, avec Olivier Poivre d'Arvor, roman, 1998.

PETIT HOMME, roman, 1999.

L'IRRÉSOLU, roman, prix Interallié, 2000.

UN ENFANT, roman, prix des lecteurs du Livre de Poche, 2001.

LA MORT DE DON JUAN, roman, prix Maurice-Genevoix, 2004.

LES AVENTURIERS DU CIEL, avec Olivier Poivre d'Arvor, livre illustré, Jeunesse, 2005.

LES AVENTURIERS DES MERS, avec Olivier Poivre d'Arvor, livre illustré, Jeunesse, 2006.

J'AI TANT RÊVÉ DE TOI, avec Olivier Poivre d'Arvor, roman, 2007.

Chez d'autres éditeurs

MAI 68, MAI 78, essai, Seghers, 1978.

LES ENFANTS DE L'AUBE, roman, Lattès, 1982.

DEUX AMANTS, roman, Lattès, 1984.

LE ROMAN DE VIRGINIE, avec Olivier Poivre d'Arvor, roman, Balland, 1985.

LA TRAVERSÉE DU MIROIR, roman, Balland, 1985 et Fayard, 2006.

LES DERNIERS TRAINS DE RÊVE, essai, Le Chêne, 1986.

RENCONTRES, portraits, Lattès, 1987.

LES FEMMES DE MA VIE, récit, Grasset, 1988.

L'HOMME D'IMAGE, essai, Flammarion, 1992.

LES RATS DE GARDE, essai, avec Éric Zemmour, Stock, 2000.

COURRIERS DE NUIT, LE ROMAN DE L'AÉROPOSTALE, avec Olivier Poivre d'Arvor, livre illustré, Mengès, 2002.

J'AI AIMÉ UNE REINE, roman, Fayard, 2003.

COUREURS DES MERS, LES DÉCOUVREURS, avec Olivier Poivre d'Arvor, livre illustré, Mengès, 2003.

PIRATES ET CORSAIRES, avec Olivier Poivre d'Arvor, livre illustré, Mengès, 2004.

LA LÉGENDE DE MERMOZ ET DE SAINT-EXUPÉRY, avec Olivier Poivre d'Arvor, Mengès, 2004.

CONFESSIONS, essai, Fayard, 2005.

RÊVEURS DES MERS, avec Olivier Poivre d'Arvor, Mengès, 2005.

UNE FRANCE VUE DU CIEL, avec Yann Arthus Bertrand, La Martinière, 2005.

LE MONDE SELON JULES VERNE, avec Olivier Poivre d'Arvor, essai, Mengès, 2005.

CHASSEURS DE TRÉSORS ET AUTRES FLIBUSTIERS, avec Olivier Poivre d'Arvor, livre illustré, Place des Victoires, 2005.

L'ÂGE D'OR DU VOYAGE EN TRAIN, livre illustré, Le Chêne, 2006.

DISPARAÎTRE, avec Olivier Poivre d'Arvor, roman, Gallimard, 2006.

LAWRENCE D'ARABIE, LA QUÊTE DU DÉSERT, avec Olivier Poivre d'Arvor, livre illustré, Mengès, 2006.

AIMER, C'EST AGIR : MES ENGAGEMENTS, essai, Fayard, 2007.

FRÈRES ET SŒURS, avec Olivier Poivre d'Arvor, Fayard, 2007.

SOLITAIRES DE L'EXTRÊME, avec Olivier Poivre d'Arvor, Mengès, 2007.

HORIZONS LOINTAINS, *Mes voyages avec les écrivains*, Le Toucan, 2008.

Composition IGS
Impression Bussière, mai 2008
Éditions Albin Michel
22, rue Huyghens, 75014 Paris
www.albin-michel.fr

ISBN broché : 978-2-226-18666-9
ISBN luxe : 978-2-226-18410-8
N° d'édition : 25631 – N° d'impression : 081498/1
Dépôt légal : juin 2008
Imprimé en France